Ernesto Cardenal

Psalmen

ᛦ 2020 95 Jahre

P H
V

Ernesto Cardenal

Psalmen

Aus dem Spanischen von Stefan Baciu

Mit einem Nachwort von Dorothee Sölle

Peter Hammer Verlag

Inhalt

Vorbemerkung

Ernesto Cardenals Psalmen, die lange vergriffen waren, sind eines seiner bedeutendsten Werke, das Kernstück seines Schaffens und zählen zu den wichtigsten Werken der lateinamerikanischen Poesie dieses Jahrhunderts.
Eindrucksvoll erheben sie Anklage gegen Ungerechtigkeit, Unterdrückung und Lüge. Darin sind sie heute so treffend wie bei ihrem ersten Erscheinen in den 60er Jahren. Wegen dieser Bedeutung werden sie nun neu aufgelegt; sie haben nichts von ihrer Aktualität, nichts von ihrer Leuchtkraft eingebüßt.

Diese Ausgabe stellt den Psalmen den Text von Dorothee Sölle nach, der bereits in der ersten Ausgabe enthalten war.
Dorothee Sölle, die als Klassikerin der kontextuellen Theologie in Deutschland und weltweit als eine der bekanntesten und umstrittensten Theologinnen des 20. Jahrhunderts gilt, schließt die Würdigung des Autors und seiner Psalmen mit den Worten »Eine größere, eine umfassendere Bejahung dieser unserer Wirklichkeit ist nicht denkbar« – treffender kann man das Wesen der Psalmen Cardenals nicht erfassen.

Peter Hammer Verlag
Wuppertal, im Januar 2008

Selig der Mensch

Psalm 1

Selig der Mensch, der den Parolen der Partei nicht folgt
und an ihren Versammlungen nicht teilnimmt,
der nicht mit Gangstern an einem Tisch sitzt
noch mit Generälen im Kriegsgericht.
Selig der Mensch, der seinem Bruder nicht nachspioniert
und seinen Schulkameraden nicht denunziert.
Selig der Mensch, der nicht liest, was die Börse berichtet,
und nicht zuhört, was der Werbefunk sagt,
der ihren Schlagworten misstraut.
Er wird sein wie ein Baum, gepflanzt an einer Quelle.

Hör mich, weil ich Dich rufe

Psalm 4

10 Hör mich, weil ich Dich rufe – Gott meiner Kindheit –
Du wirst mich aus dem Konzentrationslager befreien.

Wie lange wollt ihr, Machthaber, in eurer Verblendung beharren?
Wann hört ihr auf, mit Schlagworten um euch zu werfen
und Propagandaphrasen zu dreschen?

Viele gibt's, die fragen:
»Wer wird uns von ihren Atomwaffen befreien?«
Ich sage: Lass Du, Herr, Dein Antlitz leuchten
über ihren Bomben.
Du schenktest meinem Herzen größere Freude,
als Wein, den sie auf ihren Festen trinken.

Gehe ich zu Bett, so schlafe ich ruhig ein. 11
Alpdrücken und Schlaflosigkeit quälen mich nicht,
und ich erschrecke nicht vor den Gespenstern meiner Opfer.
Ich brauche keine Beruhigungsmittel,
weil Du, Herr, mir Sicherheit gibst.

Hör meinen Protest

Psalm 5

Hör meine Worte, Herr –
höre mein Seufzen,
hör meinen Protest,
denn Du bist Gott und kein Freund der Diktatoren,
Du folgst nicht ihrer Politik
noch achtest Du auf ihre Propaganda.
Du hast mit Gangstern nichts gemein.

Ihre Reden sind unaufrichtig
wie ihre Presseerklärungen.

Sie sprechen von Frieden –
und steigern die Rüstungsproduktion.
Auf ihren Konferenzen reden sie vom Frieden,
doch im Geheimen bereiten sie Krieg vor.

Die ganze Nacht lang streuen ihre Radiosender Lügen aus, 13
verbrecherische Pläne füllen die Akten ihrer Büros.
Du aber, Herr, wirst mich vor ihren Anschlägen retten.
Sie sprechen mit dem Mund der Maschinengewehre,
und ihre Zungen sind glänzende Bajonette.

Straf sie, o Gott!
Lass scheitern ihre Politik!
Bring ihre Memoranden durcheinander!
Verhindere ihre Programme!

Wenn die Sirene heult,
wirst Du mir beistehen,
meine Zuflucht bist Du am Tag der Bombe.

14 Wer ihren lügnerischen Parolen nicht glaubt,
wer ihrem Werben und ihren politischen Kampagnen nicht traut,
den segnest Du,
den umgibst Du mit Deiner Liebe
wie mit Panzerwagen.

Befreie mich, Herr

Psalm 7

Befreie mich, Herr,
von der SS, dem NKWD, dem FBI und der GN*.

Befreie mich von ihren Kriegsgerichten,
von der blinden Wut ihrer Richter und Kapos.
Du bist es, der die Großmächte richtet,
Du richtest die Justizminister,
und die hohen Gerichtshöfe.

Bewahre mich, Herr, vor einem Schauprozess!
Verteidige die Verbannten und Verschleppten,
die der Spionage und Sabotage angeklagt
und zu Zwangsarbeit verurteilt sind.

*»Guardia Nacional«, Nicaraguas Armee und Polizei.

16 Die Waffen des Herrn sind furchtbarer
als Atomwaffen!
Wer heute bei Säuberungen mitmacht,
wird morgen der Säuberung anheimfallen!

Ich aber will Dich preisen, weil Du gerecht bist,
ich will Dich besingen in Psalmen und Gedichten.

Deine Wunder will ich singen

Psalm 9 (9/10)

Herr, Deine Wunder will ich singen, 17
Psalmen werde ich singen,
denn des Feindes Streitkraft ist zerschlagen.

Die Mächtigen haben die Macht verloren.
Verschwunden sind ihre Denkmäler und Bilder,
entfernt ihre Gedächtnistafeln.
Du hast ihre Namen ausgelöscht für immer.
Man findet sie nicht mehr in den Zeitungen,
nur die Historiker werden sie noch kennen.
Straßen und Plätze sind nicht mehr
nach ihnen benannt,
denn Du hast ihre Partei vernichtet.

Du allein regierst ewig,
GERECHTIGKEIT heißt Deine Macht.

18 Du regierst alle Völker
und ihre Regierungen.

Du bist ein Verteidiger der Rechtlosen,
Du erinnerst Dich der Morde
und vergisst die Klage der Armen nicht.
Blick auf mich im Konzentrationslager, Herr,
zerschneide den Stacheldraht,
hol mich heraus aus den Toren des Todes,
dass ich Dir Psalmen singe vor Zions Toren.

Mit ihren eigenen Waffen werden die Feinde geschlagen,
durch ihre eigene Polizei werden sie gestellt.

Der Herr wird ihre Taktik durchkreuzen,
bald werden sie einbalsamiert und in Mausoleen
ausgestellt.

Herr, erhebe Dich,
damit nicht Karrieremacher uns beherrschen,
hilf, dass die Ausgebeuteten nicht länger vergessen werden
und die Armen nicht immer vergeblich hoffen.

O Herr,
unterwirf sie ihren eigenen Terrorsystemen,
damit sie erfahren, dass sie Menschen sind, nicht Götter!

Wie lange, Herr, wirst Du verborgen bleiben?
Die Gottesleugner sagen, Du existierst nicht.
Wie lange werden Diktatoren noch herrschen?
Wie lange noch wird man ihre Stimmen im Radio hören?
Jeden Abend feiern sie Feste,
wir sehen die Festbeleuchtung von weitem.

Sie sitzen bei ihren Banketten –
und wir sind im Kerker.
Für sie ist Gott nur eine Vokabel,
GERECHTIGKEIT ein Schlagwort.
Ihre Presseerklärungen sind Betrug.

Ihre Worte sind nur Waffen der Propaganda,
Werkzeuge der Unterdrückung!

Wir sind umgeben von Spionagenetzen.
Erhebe Dich, Herr,
vergiss die Unterdrückten nicht
und lass die Herrschenden nicht in dem Glauben,
dass sie davonkämen.

Du siehst, was geschieht,
Du kennst unsere Kerker,

Du nimmst Dich der Verfolgten an,
Dir wird das Waisenkind anvertraut,
die Kinder aller Ermordeten.

Zerschlage, Herr, ihre Geheimpolizei
und ihre Kriegsgerichte,
dass ihre Heeresmacht spurlos verschwinde.

Du bist es, der die Jahrhunderte regiert,
Du hörst das Gebet der Demütigen
und das Weinen der Verwaisten.

Ein Anwalt bist Du den Ausgebeuteten und Bestohlenen,
damit nicht hochmütig werden,
die oben sitzen und die Macht in Händen halten!

Denn die Parteien machen nicht frei

Psalm 11(12)

Befreie Du uns,
denn ihre Parteien machen nicht frei.

Sie betrügen einander,
einer beutet den anderen aus.
Ihre Lügen werden von tausend Radios wiederholt,
alle Zeitungen drucken ihre Verleumdungen nach.
Ganze Büros sind damit beschäftigt, Lügen zu fabrizieren.
Sie sagen:
»Mit uns die Propaganda!
Durch sie werden wir herrschen!«
Aber der Herr spricht:
»Um der Unterdrückten willen
und weil die Ausgebeuteten klagen,
werde ich mich erheben;
weil sie seufzen, werde ich ihnen die Freiheit
schaffen.«

Überall drohen ihre militärischen Anlagen,
umzingeln uns ihre Maschinengewehre und Panzerwagen.
Mit Orden behängte Mörder beleidigen uns,
und alle machen mit, die sich in ihren Klubs zutrinken.
Während wir in unseren Hütten weinen,
verbringen sie ihr Leben auf Cocktailparties.

Es gibt kein Glück für mich außer Dir

Psalm 15 (16)

Und ich sprach zu Ihm:
Es gibt kein Glück für mich außer Dir.
Ich bete weder Filmstars an
noch politische Führer,
ich vergöttere keine Diktatoren.

Wir haben ihre Zeitungen nicht abonniert,
noch sind wir eingeschriebene Parteimitglieder.

Wir sprechen nicht in Schlagworten,
noch folgen wir ihren Parolen.

Wir hören ihre Sendungen nicht,
noch glauben wir ihren Plakaten.

Wir kleiden uns nicht nach ihrer Mode,
noch kaufen wir ihre Waren.

Wir gehören ihren Klubs nicht an
und essen nicht in ihren Restaurants.

Ich beneide sie nicht um die Speisekarte ihrer Bankette,
ihre blutigen Trankopfer werde ich nicht schlürfen.

Der Herr ist mein Grundstück im versprochenen Land.
Ein herrlicher Anteil fiel mir zu
vom Land der Verheißung.

Dich allein hab' ich vor Augen,
wenn ich Dein gedenke,
zittern alle Fasern meines Körpers vor Freude.

Sogar des Nachts, wenn ich schlafe,
selbst im Unterbewusstsein
preise ich Dich!

Höre meine gerechte Sache

Psalm 16 (17)

Höre, Herr, meine gerechte Sache,
hör meine Klage,
hör mein Gebet,
ich meine es ehrlich.
Von Dir will ich gerichtet werden
und nicht von ihren Tribunalen.
Wenn Du mich des Nachts verhörst bei Scheinwerferlicht,
mit Deinem Lügendetektor,
wirst Du kein Verbrechen in mir finden.
Ich plappere nicht nach, was die Radios sagen,
weder ihre Reklamesendungen
noch ihre politische Propaganda.
Ich achte auf Deine –
nicht auf ihre Worte.

Ich rufe zu Dir,
weil Du – Gott –
mich hören musst!

Hör mein Wort,
Du, der Anwalt aller Verschleppten,
Verteidiger der vom Kriegsgericht Verurteilten,
Helfer der Gefangenen in den Konzentrationslagern,
behüte mich wie Deinen Augapfel,
verbirg mich unter Deinen Flügeln,
befreie mich von dem Diktator
und der Mafia der Gangster.

Auf uns sind ihre Maschinengewehre gerichtet,
Geschrei des Hasses keilt uns ein.
Spitzel umschleichen mein Haus,
und des Nachts beschattet mich Geheimpolizei,

ich bin von Gangstern eingekreist.
Erhebe Dich, Herr,
tritt ihnen entgegen,
schlag sie zu Boden.

Entreiße mich den Klauen der Banken.
Deine Hand, Herr, bewahre mich vor den Geschäftsleuten
und den Mitgliedern der exklusiven Klubs,
bewahre mich vor denen, die nie genug bekommen können,
deren Kühlschränke vollgestopft
und deren Tische überladen sind,
die ihre Hunde mit Kaviar füttern.

Wir haben keinen Zutritt zu ihren Klubs, 29
aber Du wirst uns sättigen,
noch ehe die Nacht vergeht.

Die Milchstraßen singen Gottes Ruhm

Psalm 18 (19)

Die Milchstraßen singen Gottes Ruhm.
Arktur ist zwanzigmal größer als die Sonne
und Antares 487mal heller als ihr Schein.
Sigma des Dorado hat den Glanz von dreihunderttausend Sonnen,
Alpha des Orion entspricht 27 Millionen Sonnen,
und Aldebaran hat einen Durchmesser von 50 Millionen Kilometer;
Alpha der Leier, dreihunderttausend Lichtjahre von uns entfernt,
und der Nebel des Bootes, 200 Millionen Lichtjahre weit,
sie alle künden das Werk Seiner Hände.

Seine Sprache ist wortlos
und nicht gleich dem Redeschwall der Politiker,
und doch ist Seine Sprache unüberhörbar.

Die Milchstraßen senden geheimnisvolle Radiowellen aus,
und der eisige Wasserstoff im interstellaren Raum
bebt in optischen Wellen und akustischen Schwingungen.
In den Vakuen zwischen den Milchstraßen
wogen Magnetfelder,
die bis in unsere Radioteleskope singen
(und vielleicht gibt es Zivilisationen, deren Botschaften
unsere
Radioantennen auffangen können).

Im Universum gibt es
– soweit wir heute erkennen –
100 Millionen Milchstraßen,
die sich in einem riesigen Karussell
wie Musikkreisel drehen.

32 Die Sonne zieht ihre gewaltige Bahn
rings um das Sternbild des Schützen.
Sie gleicht einer Gattin,die sich vom Brautbett erhebt;
umgeben von ihren Planeten eilt sie,
im Tempo von 72000 Kilometern pro Stunde,
dem Sternbild des Herkules und der Leier entgegen
(150 Millionen Jahre braucht sie, den Kreis zu vollenden),
und sie weicht nie einen Zentimeter von ihrer Bahn.

Das Gesetz des Herrn zügelt das Unterbewusstsein,
es ist vollkommen wie das Gesetz der Schwerkraft.
Seine Worte gleichen den Parabeln der Kometen
und Seine Befehle den zentrifugalen Kreisen der
Milchstraßen.
Seine Gebote sind wie Fixsterne,
die ihren Platz einhalten,
ihre Geschwindigkeit

und ihre Entfernung,
deren Wege sich tausendmal kreuzen
und die doch nie zusammenstoßen.

Gerecht sind die Urteile des Herrn
und nicht das Ergebnis von Meinungsumfragen,
ihr Wert übersteigt Dollars und Aktien.

Bewahre mich vor dem Hochmut der Geldherrschaft und
der politischen Macht,
so werde ich gefeit sein gegen Kriminalität
und Kapitalverbrechen an der Menschheit.

Möge Dir angenehm sein, was ich sage und singe,
Herr,
mein Befreier.

Warum hast Du mich verlassen

Psalm 21 (22)

Mein Gott, mein Gott – warum hast Du mich verlassen?
Ich bin zur Karikatur geworden,
das Volk verachtet mich.
Man spottet über mich in allen Zeitungen.

Panzerwagen umgehen mich,
Maschinengewehre zielen auf mich,
elektrisch geladener Stacheldraht schließt mich ein.
Jeden Tag werde ich aufgerufen,
man hat mir eine Nummer eingebrannt
und mich hinter Drahtverhauen fotografiert.
Meine Knochen kann man zählen wie auf einem
Röntgenbild,
alle Papiere wurden mir weggenommen.
Nackt brachte man mich in die Gaskammer,
und man teilte meine Kleider und Schuhe unter sich.
Ich schreie nach Morphium, und niemand hört mich.

Ich schreie in den Fesseln der Zwangsjacke,
im Irrenhaus schreie ich die ganze Nacht,
im Saal der unheilbar Kranken,
in der Seuchenabteilung und im Altersheim.
In der psychiatrischen Klinik ringe ich schweißgebadet
mit dem Tod.
Ich ersticke mitten im Sauerstoffzelt.
Ich weine auf der Polizeistation,
im Hof des Zuchthauses,
in der Folterkammer
und im Waisenhaus.
Ich bin radioaktiv verseucht,
man meidet mich aus Furcht vor Infektion.

Aber ich werde meinen Brüdern von Dir erzählen.
Auf unseren Versammlungen werde ich Dich rühmen.

36 Inmitten eines großen Volkes werden meine Hymnen
angestimmt.
Die Armen werden ein Festmahl halten.
Das Volk, das noch geboren wird,
unser Volk,
wird ein großes Fest feiern.

Herr, verschaffe mir Recht

Psalm 25 (26)

Herr, verschaffe mir Recht,
denn ich bin unschuldig.
Ich habe Dir vertraut
und nicht ihren Führern.

Verteidige mich vor dem Kriegsgericht
und im Prozess der falschen Zeugen
und falschen Beweise.

Ich setze mich nicht an einen Tisch mit ihnen,
trink' ihnen nicht zu auf ihren Banketten.
Ich gehöre nicht ihren Organisationen an,
ich bin nicht Mitglied ihrer Parteien.
Ich habe keine Aktien gekauft von ihren Gesellschaften,
noch sind sie meine Teilhaber.

38 Gemeinsam mit den Unschuldigen werde ich meine Hände waschen,
bei Deinem Altar – Herr – werde ich stehn.

Laß mich nicht untergehen mit diesen blutdürstigen Politikern,
die nichts als Verbrechen planen
und deren Bankkonten durch Bestechungsgelder wachsen.

Gib mich nicht preis den Gottlosen,
befreie mich, Herr!
Und ich werde Dich rühmen – Herr – in unserer Gemeinschaft,
wo immer wir versammelt sind.

Du befreist mich von der Mafia der Gangster

Psalm 30 (31)

Dir, Herr, vertraue ich,
lass mich nicht zuschanden werden.
Du befreist mich von der Mafia der Gangster,
in Deine Hände befehle ich meinen Geist.

Du, Herr – Gott der Wahrheit –,
hast mich befreit.
Du verabscheust die Anhänger trügerischer Idole,
die törichten Parolen folgen,
ich aber hoffe nur auf Dich – Herr.

Du gabst ihrer Geheimpolizei keine Macht über mich,
Du befreitest mich aus dem Konzentrationslager.

Habe Mitleid mit mir, Herr, denn ich bin in Not.
Während sie sich auf ihren Festen zutrinken,

schlucken wir an unseren Tränen, nachts,
im ausgeplünderten Haus.

In Trauerkleidern sitzen wir bei Tisch,
denn ein Platz ist leer geblieben.
Blass und schweigend erwarten wir,
dass man an unsere Tür klopft.
Die Nachbarn grüßen uns nicht,
die Arbeitskollegen scheinen uns nicht mehr zu kennen.
Unser Name wird nicht mehr ausgesprochen,
es ist, als hätten wir niemals existiert.

Die ganze Nacht hindurch hören wir im Radio, wie man uns beschimpft.
Die Techniker versammeln sich des Nachts,
um perfekte Pläne gegen uns zu schmieden.
Herr, lass uns nicht zuschanden werden.

Lass ihre Lügensender, die den Gerechten schmähen, 41
für immer verstummen.

Deine Gegenwart ist für uns wie ein Verteidigungswall
und wie ein Luftschutzbunker.

Du bist unser Verbündeter

Psalm 34 (35)

Erkläre Krieg, Herr, allen, die uns Krieg erklären.
denn Du bist unser Verbündeter.

Großmächte sind gegen uns,
aber die Waffen des Herrn sind mächtiger.

Wir haben sie nicht angegriffen,
dennoch verfolgen sie uns,
wir sind nicht gegen sie verschworen,
dennoch hat man uns eingekerkert.
Im Gangster-Netz liege ich gefangen.

O Herr,
Du wirst uns befreien vom Diktator,
frei machen von den Ausbeutern der Proletarier und der Landlosen.
Falsche Zeugen erhoben sich wider mich,

fragten mich nach Dingen, von denen ich keine Ahnung hatte.
Vor mir stehen Untersuchungsbeamte,
die mir ein fertiges Geständnis zur Unterschrift vorlegen,
das mich der Verschwörung, Spionage und Sabotage beschuldigt.

Ihr eigenes politisches System wird sie zugrunde richten,
wie sie andere zu Fall brachten, werden sie selber fallen.
Ihre Propaganda macht uns lächerlich,
sie machen uns zu Karikaturen.

Wie lange noch, Herr, wirst Du neutral sein?
Wie lange teilnahmslos zusehen?

Hol mich aus der Folterkammer,
befreie mich aus dem Konzentrationslager.

44 Ihre Propaganda dient nicht dem Frieden,
sondern provoziert den Krieg.
Du hörst ihre Radios
und siehst ihre Fernsehsendungen.
Schweige nicht!
Erwache! Erhebe Dich – mein Gott –,
mir beizustehen,
zu meiner Verteidigung,
damit sie nicht sagen können:
»Unsere politischen Gegner sind ein für allemal erledigt.«
Alle, die uns auf der Pressekonferenz
mit Frohlocken für vernichtet erklären,
sollen beschämt und zuschanden werden.
Unsere Freunde aber sollen sich freuen.
Dir, Herr, will ich dichten und singen
mein Leben lang.

Ihre Aktien sind wie das Heu auf den Wiesen

Psalm 36 (37)

Verlier nicht die Geduld, wenn du siehst, wie sie 45
Millionen machen.
Ihre Aktien sind wie das Heu auf den Wiesen.
Beneide nicht die Millionäre und die Kinostars,
denen die Zeitungen acht Spalten widmen,
die in Luxushotels wohnen
und in Luxusrestaurants essen;
bald wird man ihre Namen in keiner Zeitung mehr lesen,
selbst die Gelehrten werden ihre Namen nicht mehr
kennen,
denn sie werden abgemäht wie das Heu auf den Wiesen.

Lass dich nicht beunruhigen von ihren Erfindungen
noch von ihrem technischen Fortschritt.
Den Führer, den du heute siehst, wirst du bald nicht
mehr sehen,

du wirst ihn suchen in einem Palast –
und nicht finden.
46 Die neuen Führer werden Pazifisten sein
und Frieden machen.

Noch werden die Konzentrationslager vergrößert,
neue Foltern erfunden
und neue Untersuchungsmethoden.
Nachts schlafen sie nicht, sondern schmieden Pläne,
wie man uns noch mehr zertreten,
noch vollkommener ausbeuten kann.

Aber der Herr spottet ihrer,
weil Er weiß, wie bald sie ihre Macht verlieren werden.
Ihre eigenen Waffen werden sich gegen sie richten.
Ihre politischen Systeme werden vom Erdboden verschwinden
und ihre politischen Parteien nicht mehr existieren –
wertlos sind dann die Pläne ihrer Techniker.

Die Großmächte sind
wie die Blumen auf den Wiesen
und die Weltmächte
wie Rauch.

Den ganzen Tag lang spioniert man uns nach.
Die Urteile stehen schon fest,
aber der Herr liefert uns ihrer Polizei nicht aus.
Er wird nicht zulassen, dass ihre Gerichte uns verurteilen.

Überall sah ich das Bild des Diktators
– es wuchs wie ein mächtiger Baum –,
und als ich wieder vorbeikam,
war es verschwunden.
Ich suchte und fand es nicht.
Ich suchte weiter, doch es gab kein Bild mehr von ihm –
und sein Name durfte nicht mehr ausgesprochen werden.

Wir vertrauen nicht den Waffen

Psalm 43 (44)

Mit unseren Ohren haben wir gehört,
wie unsere Eltern uns die Geschichte erzählten,
was Du mit ihnen getan hast
in den alten Zeiten.

Du schenktest Israel Sieg um Sieg,
denn wir vertrauten nicht den Waffen,
die Panzerwagen halfen uns nicht siegen.

Jetzt aber hast Du uns verlassen,
hast ihre politischen Systeme gefestigt,
hast ihr Partei-Regime unterstützt.
Jetzt sind wir die Vertriebenen,
die Flüchtlinge ohne Ausweis,
die ins Konzentrationslager Verbannten,
die zu Zwangsarbeit Verurteilten,

die Verbrannten in den Krematorien –
und unsere Asche wurde ausgestreut.
Wir sind Dein Volk von Auschwitz
von Buchenwald
von Belsen und
von Dachau.
Aus unserer Haut haben sie Lampenschirme,
aus unserem Fett Seife gemacht.

Wie Schafe zum Schlachthof
ließest Du uns in die Gaskammern treiben.
Du hast es zugelassen, dass man uns verschleppte.
Du botest Dein Volk an auf dem Trödelmarkt,
und es fand sich kein Käufer.
Wie Vieh
wurden wir in Waggons gepfercht
und zu den Lagern gebracht,

von Scheinwerfern angestrahlt,
umgeben von Stacheldraht.

Auf Lastwagen fuhr man uns zu den Gaskammern,
in die wir nackt hineingehen mussten.
Man schloss die Türen und löschte das Licht,
UND DU BEDECKTEST UNS MIT DEN SCHATTEN DES TODES.
Von uns blieben nur Berge von Kleidern, Schuhen und Spielzeug übrig.
Hätten wir den Namen unseres Gottes vergessen
oder gegen den Namen irgendeines Führers eingetauscht,
wäre es Dir verborgen geblieben?
Dir, der keinen Geheimdienst braucht,
weil Du der Herzen geheimste Regung kennst?
Täglich rief man uns auf,

und wir hörten die Namen derer, die zu den Öfen
geführt wurden.
Täglich wurden wir dem Tode ausgeliefert,
als wären wir Schafe, für den Schlachthof bestimmt.

Nackt stelltest Du uns vor die Flammenwerfer.
Dein Volk wurde von der Landkarte gestrichen,
geographisch war es ausgelöscht.
Ohne Pass ziehen wir von Land zu Land,
ohne irgendein Ausweispapier.

Du bist ein verborgener Gott nun.
Warum verbirgst Du Dein Antlitz,
Verfolgung und Drangsal vergessend?
Erwache –
hilf uns –
um Deines eigenen Namens willen!

Hört mich, ihr Weltbewohner

Psalm 48 (49)

52 Hört mich, alle Völker,
merkt auf, ihr Weltbewohner,
Plebejer und Adlige,
Proletarier und Millionäre,
ihr Leute aller sozialen Klassen,
ich will in Sprüchen reden,
in weisen Worten,
begleitet von Harfenspiel:
»Weshalb sollte ich mich vor jenen fürchten,
die ihr Vertrauen in Banken setzen
und Sicherheit von Versicherungspolicen erhoffen?«

Das Leben lässt sich nicht mit einem Scheck kaufen,
seine Aktien stehen so hoch,
dass sie für Geld nicht zu haben sind.

Immer leben und niemals das Grab sehen –
diese Police kann niemand kaufen!

Sie glaubten, sie lebten ewig und wären immer an der Macht.
Alle Länder und allen Besitz,
den sie zusammengeraubt, versahen sie mit ihrem Namen,
sie nahmen den Städten die Namen
und gaben ihnen ihre eigenen.
Ihre Denkmäler standen auf allen Plätzen,
aber wer erwähnt sie heute noch?
Ihre Denkmäler wurden umgestürzt
und die Bronzetafeln herausgerissen.
Ihr Palast ist jetzt ein Mausoleum.
Verlier nicht die Geduld, wenn du jemanden reich
werden siehst,
wenn er viele Millionen besitzt,

den Ruhm seines Hauses vermehrt
und ein »starker Mann« genannt wird:
Im Tode wird er keine Macht mehr haben
und keine Parteien.
Selbst wenn zu seinen Lebzeiten die amtliche Presse
verkündet:
»Dich wird man ewig rühmen, denn du bist glückselig«,
so wird er trotzdem sterben
und das Licht nicht mehr sehen.

Aber der Mensch auf der Höhe seines Ruhmes,
der alle Macht in Händen hat,
der dicke, ordenbehängte Bonze
sieht nicht, was los ist,
er lacht und glaubt, dass er jenen Tieren gleicht,
die zu sterben verurteilt sind
am Tag des Festes.

Jerusalem ist ein Trümmerhaufen

Psalm 78 (79)

O Gott,
Jerusalem ist ein Trümmerhaufen,
das Blut Deines Volkes ergoss sich auf die Straßen,
rann am Rinnstein entlang,
floss durch die Kanalisation.

Die Propaganda macht uns lächerlich,
vom Hass diktiert ist alles Reden über uns.

Wie lange noch willst Du uns zürnen, Herr?
Wie lange wird Dein Zorn noch brennen,
wie ein nukleares Feuer, das kein Wasser löschen kann?
Weshalb sollen die Atheisten sagen:
»Wo ist euer Gott?«

Möge das Stöhnen der Gefangenen,
das Gebet der zu Zwangsarbeit Verurteilten,

das Gebet der zum Tode Verurteilten,
das Flehen aus allen Konzentrationslagern
Dein Ohr erreichen.

Und wir,
Dein Volk,
wollen ewig Dich loben,
wir wollen Dich preisen
von Generation zu Generation.

Gott der Rache

Psalm 93 (94)

Gott der Rache,
Gott der Vergeltung,
zeige Dich!
Wie lange noch, Herr,
soll ihre Partei triumphieren?
Ihre Worte sind nichts als Propaganda,
sie reden nur Schlagworte.

Herr, schütze die ausgebeuteten
und die unterdrückten Klassen.
Die Atheisten sagen, es gebe Dich nicht,
»Es sind die blinden Mächte der Natur«,
behaupten sie.
Oder: »Es ist das Unterbewusstsein.«
Aber – der das Wunderwerk des Ohrs erschuf –
sollte er nicht hören?

der den Photoapparat des Auges erfand –
sollte er nicht sehen?
Alle unsere Gedanken liegen in Deinen Archiven,
alle unsere Worte sind auf Band genommen.
Selig der Mensch, dem Du Unterricht gibst
und den Du Weisheit lehrst.
Ohne Beruhigungsmittel
wird er ruhig sein.

Der Herr gibt sein Volk nicht auf,
er lässt die Ausgebeuteten nicht ohne Schutz.
Eines Tages wird die Gerechtigkeit wieder in die Gerichtshöfe einziehen,
und die Richter werden gerecht sein.

Hättest Du uns nicht verteidigt,
hätten sie uns längst vernichtet.
Während der großen Verfolgungen erfreute
Dein Trost meine Seele.

Der Herr ist mein Schutz.

Wie auf einer Töpferscheibe

Psalm 103 (104)

60 Lobe den Herrn, meine Seele!
Herr, mein Gott, Du bist groß.
Du bist in Atomenergie gekleidet
wie in einen Mantel.

Wie auf einer Töpferscheibe hast Du
aus einer Wirbelwolke kosmischen Staubes
die Spiralen der Milchstraße gezogen.
Unter Deinen Händen begann das Gas sich zu verdichten
und zu glühen,
so formtest Du die Sterne.
Wie Sporen oder Samen hast Du Planeten ausgestreut
und sätest Kometen wie Blumen.
Ein rotglühendes Meer war der ganze Planet,
Eisen und rote, geschmolzene Felsen
stiegen und sanken mit den Gezeiten.

Und alles Wasser war damals noch Dampf,
dunkle Wolkendecken hüllten die Erde ein.
Und dann begann es zu regnen – Jahrhundert um Jahrhundert,
ein jahrhundertelanger Regen fiel auf steinerne Kontinente.

Äonen später entstanden die Meere,
tauchten Gebirge auf
(die Erde war schwanger).
Und die Berge wuchsen wie große Tiere,
aber das Wasser zernagte sie;
als Ruinenberge blieben sie liegen,
Trümmer aus jenen Zeiten.

Das Zusammenspiel von Wasser und Licht erzeugte das erste Molekül,
die erste Bakterie teilte sich.
Im Prä-Kambrium erschien die erste glasige Alge,
von Sonnenenergie ernährt.
Durchsichtige Geißeltierchen,
Kristallglöckchen ähnlich oder Blumen aus Gelatine,
bewegten sich und pflanzten sich fort
(das ist der Ursprung von allem, was heute lebt).

Danach kamen die ersten Schwämme,
plastisch wie Medusen,
Polypen mit Mund und Magen;
darauf die ersten Weichtiere
und die ersten Stacheltiere: Seestern und Seeigel.
Im frühen Kambrium bedeckten Schwämme den Meeresboden

und bauten Felsenriffe von Pol zu Pol.
Im mittleren Kambrium starben sie alle,
aber dann erblühten die ersten Korallen
und bauten auf dem Meeresgrund rote Wolkenkratzer.
In den Gewässern des Silurs
tauchten die ersten Scherentiere auf:
Seeskorpione, und im späten Silur der erste Raubfisch,
ein winziger Hai (der hatte schon eine Kinnlade).
Im Devon wuchs das Seegras zu Bäumen auf
und lernte atmen,
verstreute seine Sporen und wuchs zu Wäldern;
seitdem gibt es Stengel und Blätter.
Dann kamen die ersten einfachen Tiere an Land,

Skorpione und Spinnen entflohen dem Meer;
mit ihren Flossen erschienen die ersten Amphibien,
und die Flossen wurden zu Füßen.

64 Weiche, fleischige Bäume wuchsen in den Sümpfen des Paläozoikums.
Es gab noch keine Blumen,
da gab es schon Insekten,
entstanden Dinosaurier und Vögel.
Und die ersten Blumen wurden von den ersten Bienen besucht.
Im Mesozoikum gab es die ersten Säugetiere,
winzig und warmblütig,
die ihre Jungen lebend gebaren und säugten.
Im Eozän erschienen Lemuren, die auf Bäumen lebten,
und die ersten Tarsier mit Stereoskop–Augen wie der Mensch.
Und zu Anfang des Quartärs erschufst Du den Menschen.

Du gibst dem weißen Bären seinen eisfarbenen Anzug
und dem Polarfuchs das schneeweiße Fell.
Das Wiesel färbst Du im Sommer braun und im Winter weiß.
Der Gottesanbeterin gibst Du ihr Tarnkleid,
und die Schmetterlinge tarnst Du mit Blumenfarben.
Du lehrst die Biber, ihre Dämme aus Stäben
und ihre Häuser auf dem Wasser zu bauen.
Die Baumgrille fliegt und singt und kennt ihre Nahrung
von Geburt an,
und die Wespe versteht's, Baumstämme anzubohren,
um ihre Eier abzulegen.
Die Spinne webt ihr Netz;
wenn die Störche aus dem Ei schlüpfen,
wissen sie, wo Norden und wo Süden ist;
sie brauchen keinen Reiseführer auf ihrem Flug nach Norden.

Dem Leoparden gibst Du Schnelligkeit,
dem Baumfrosch Saugnäpfe
und dem Nachtfalter einen Geruchssinn,
der den Duft des Weibchens wahrnimmt in der Nacht
über gut zwei Meilen hin.
Du gibst dem Krustentier Leuchtorgane,
den Tiefseefischen Teleskop-Augen
und den Zitterfischen elektrische Batterien.

Du hast den Befruchtungsvorgang der Blumen erfunden;
Du gibst dem Samen Flügel, dass er im Winde fliegen kann,
und Häutchen, dass er schwebt wie Schmetterlinge.
Andere haben Haare, um im Wind zu rudern,
oder sie fallen wie Flocken,
wie Propeller,

oder gehen wie Fallschirme nieder,
oder sie schwimmen im Wasser wie Boote und suchen
den Fruchtknoten.
Der Blütenstaub kennt seinen vorgeschriebenen Pfad,
und die Gewebe des Griffels beirren ihn nicht
auf seinem Weg zur weiblichen Eizelle.
Aller Augen harren auf Dich, Herr,
jedem gibst Du seine Nahrung zu seiner Zeit.
Du öffnest Deine Hände und schüttest Deinen Segen
über alle Tiere aus.
Dem bescheidenen Ruderfußkrebs gibst Du seine
Kieselalge.
Die Seeanemonen verlangen ihre Nahrung von Dir
(grausame, gefräßige Pflanzen),
und Du gewährst sie ihnen.

Mit ihren hungrigen Fangarmen
verlangt auch die durchsichtige Nereide ihre Nahrung
von Dir.
Seegras und Krabben gibst Du dem Tauchervogel und
seinen Kindern,
und dem Meeresstrandläufer gibst Du zarte Weichtiere.

Die Sperlinge haben weder Kornkammern noch
Traktoren,
Du aber gibst ihnen die Körner, die auf die Straße fallen,
wenn die Lastwagen zu den Silos fahren.
Dem Kolibri gibst Du den Nektar der Blumen,
weichen Reis dem Reisvogel
und Fische dem Eisvogel und seiner Gefährtin.
Die Möwen finden jeden Tag ihre Fische
und die Eule jede Nacht ihre Frösche und Mäuse.

Du bereitest dem Kuckuck sein Mahl
aus Raupen und haarigen Würmern,
Du gibst dem Raben Grillen
und der Grille, die in ihrer Höhle singt, Insekten.
Dem Specht gibst Du kleine rote Früchte,
viel mehr, als er zu essen vermag.
Das gestreifte Eichhörnchen hält seinen Winterschlaf,
und wenn es aufwacht, liegen seine Vorräte immer noch
bereit.
Du lässt die Frühlingsblumen sich öffnen,
wenn die Schmetterlinge aus den Puppen kriechen.
Morgens öffnest Du die Blumen für die Tagschmetter-
linge
und schließt sie abends, wenn sie schlafen gehen,
und wieder andere öffnest Du des Abends für die
Nachtfalter,
die in dunklen Ecken den Tag verschlafen

und erst wieder ausfliegen, wenn der Abend dämmert.
Und an demselben Tag,
an dem Du die Hummel aus ihrem Winterschlaf weckst,
öffnest Du die Blüten der Weiden.

Ich werde den Herrn preisen, solange ich lebe –
ich werde Ihm Psalmen schreiben –
mögen meine Lieder ihm Freude machen.
Lobe den Herrn, meine Seele,
Halleluja!

Als wir aus den Gettos kamen

Psalm 113 (114/115)

Als Israel die Konzentrationslager Ägyptens verließ 71
und wir aus den Gettos kamen, in denen man uns
gefangen hielt,
hüpften die Berge gleich Hammeln
und die Hügel wie Lämmer ...

Nicht für uns, nicht um unsertwillen, Herr –
tu's um der Ehre Deines Namens willen!

Warum sollen die Atheisten sagen:
»Wo ist euer Gott?«

Ihre Götzen sind politische Führer und Filmstars,
auf Pappe gemalte Bilder,
geschäftstüchtiges Kunstgewerbe:

72 Sie haben einen Mund und sprechen nicht,
haben Augen und sehen nicht,
haben Ohren und hören nicht,
haben Nasen und riechen nicht.

Es sind Auswüchse ihres Geistes,
reine Phantasiegebilde,
nicht besser als ihre Erfinder
und alle, die ihnen nachlaufen.

Ich flehe Dich an im Konzentrationslager

Psalm 129 (130)

Aus der Tiefe rufe ich, Herr, zu Dir!
Ich flehe Dich an, nachts, in meinem Gefängnis,
im Konzentrationslager,
in der Folterkammer,
im Dunkelarrest
und während des Kreuzverhörs.
Höre meine Stimme,
mein SOS.

Führtest Du ein Sündenregister –
Herr, wer wäre ohne Schuld?
Du aber vergibst die Sünden,
Du bist nicht unversöhnlich wie die Untersuchungs-
beamten.

74 Ich vertraue dem Herrn und nicht den Führern,
nicht den Schlagworten.
Ich vertraue dem Herrn und nicht den Radiosendungen!

Meine Seele wartet auf den Herrn –
sehnsüchtiger als der Wächter auf die Morgenröte,
inbrünstiger, als man im Kerker die Stunden der Nacht
zählt.

Während man uns gefangenhält,
feiern sie Feste!
Aber der Herr macht frei.
Er ist Israels Freiheit.

Mein Herz ist nicht hochmütig

Psalm 130 (131)

Mein Herz ist nicht hochmütig, Herr. 75

Ich begehre nicht, Millionär zu sein,
Führer
oder Ministerpräsident.

Ich trachte nicht nach öffentlichen Ämtern
und renne nicht hinter Orden her.

Ich besitze weder Vermögen noch Scheckheft,
doch auch ohne Lebensversicherung
bin ich sicher
wie ein schlafendes Kind in den Armen seiner Mutter ...

Vertraue, Israel, dem Herrn
(und nicht den Führern).

An den Wassern von Babylon

Psalm 136 (137)

An den Wassern von Babylon
sitzen wir und weinen,
wenn wir an Zion denken.
Wir sehen die Wolkenkratzer von Babylon,
die Lichter, die sich im Wasser spiegeln,
die Lichter der Nachtklubs und der Bars von Babylon.
Wir hören ihre Musik –
und weinen.

An die Weidenbäume am Ufer
haben wir unsere Zithern gehängt,
an die Trauerweiden –
und wir weinen.

Die uns gefangen nahmen,
wollen, dass wir für sie singen:
Heimatlieder,

Volkslieder aus Zion.
Aber wie sollen wir im fremden Land
Zions Lieder singen?

Verdorren soll mir die Zunge,
zerfressen der Krebs den Mund,
wenn ich dich vergesse,
Jerusalem,
wenn du, Jerusalem, mir nicht lieber wärst
als alle ihre Freuden
und Feste.

Babel – mit Bomben schwer bewaffnet!
Zerstörerin!
Selig, wer deine Kinder ergreift
– die Kreaturen deiner Laboratorien –
und sie an einem Felsen zerschmettert!

Lobet den Herrn, ihr Nebelflecke

Psalm 148

Lobet den Herrn
ihr Nebelflecke, Staubkörnchen gleich auf der Fotoplatte.
Lobet den Herrn
Sirius und seine Gefährtin,
Arktur, Aldebaran und Antares.
Lobet den Herrn ihr Meteoriten,
elliptische Bahnen der Kometen
und künstliche Planeten.
Lobet den Herrn
Atmosphäre und Stratosphäre,
Röntgenstrahlen und Hertzsche Wellen.
Lobet den Herrn
Atome und Moleküle,
Protonen und Elektronen,
Protozoen und Radiolarien.

Lobet den Herrn
Walfische und Atom-U-Boote.
Lobet den Herrn
Vögel und Flugzeuge.
Lobet den Herrn
sechseckige Schneekristalle
und smaragdene Prismen des Kupfersulfats
unterm Elektronenmikroskop,
fluoriszierende Blumen auf dem Meeresgrund,
Kieselalgen, diamantenem Halsband gleich,
Diadem der Antillen,
Anurida maritima und Ligia exotica.
Lobet den Herrn
Wendekreis des Krebses und nördlicher
Polarkreis,
Stürme des Nordatlantiks und der
Humboldtstraße,

ihr dunklen Urwälder des Amazonas,
und ihr, Südseeinseln,
Vulkane und Lagunen,
und du, Mond der Karibischen Inseln,
hinter den Silhouetten der Palmen.
Lobet den Herrn
ihr demokratischen Republiken und Vereinten
Nationen.
Lobet den Herrn
ihr Polizisten, Studenten und hübschen
Mädchen.
Sein Ruhm übertrifft Himmel und Erde,
Teleskope und Mikroskope.
Er hat sein Volk groß gemacht
und Israel zu seinem Verbündeten.
Halleluja!

Das Weltall ist sein Heiligtum

Psalm 150

Lobet den Herrn des Kosmos,
das Weltall ist sein Heiligtum
mit einem Radius von hunderttausend
Millionen Lichtjahren.
Lobt ihn
den Herrn der Sterne
und der interstellaren Räume,
Lobt ihn
den Herrn der Milchstraßen
und der Räume zwischen den Milchstraßen,
Lobt ihn
den Herrn der Atome
und der Vakuen zwischen den Atomen,
Lobt ihn
mit Geigen, mit Flöten
und Saxophon,

82 Lobt ihn
mit Klarinetten und Englisch Horn,
mit Waldhörnern und Posaunen,
mit Flügelhörnern und Trompeten,
Lobt ihn
mit Bratschen und Violoncelli,
mit Klavieren und Pianolen,
Lobt ihn
mit Blues und Jazz
und Sinfonieorchestern,
mit den Spirituals der Neger
und der Fünften von Beethoven,
mit Gitarren und Xylophonen,
Lobt ihn
mit Plattenspielern und Tonbändern,

Alles was atmet
lobe den Herrn,
jede lebendige Zelle,
Halleluja!

Die Psalmen des Ernesto Cardenal

Ernesto Cardenal gilt heute als einer der wichtigsten Lyriker des sechsten Erdteils. Das dünne Bändchen seiner Psalmen, zuerst von der Universität von Antioquia in Kolumbien verlegt, dann auch in Argentinien und in Spanien erschienen, ist in weniger als einem Jahr ein Bestseller der neuen Generation in ganz Lateinamerika geworden. In diesen Gedichten finden sich Menschen wieder, die, wie Stefan Baciu, der Übersetzer Cardenals, sagt, »einer von Widersprüchen und Leidenschaften untergrabenen Generation« angehören. Was für Widersprüche, was für Leidenschaften?

Es sind die Widersprüche der feudalistischen Wirtschaftsstruktur, es sind die Leidenschaften der Politik, die hinter diesen Psalmen stehen. Cardenal vermeidet es, die herrschende Klasse als solche zu bezeichnen, er entlarvt sie, indem er sie einfach »sie« nennt, indem er von »ihren« Führern und Festen, »ihren« Radiosendungen und Schlagworten, »ihren« Aktien und Konten spricht. Wer sind »sie«? Lateinamerika ist von sozialen Gegensätzen zerrissen, deren Ausmaße wir uns kaum vorstellen können, weil die europäische Entwicklung durch die bürgerliche Revolution ganz anders verlaufen ist. Die Angehörigen der feudalen Oberschicht, Besitzer der Plantagen und Minen, haben hier auf Grund eines Zusammenspiels von Großgrundbesitz und modernem Kapitalismus die kleinen Bauern und die Indios einem Elend ausgeliefert, das nach politischer Veränderung drängt. Die Leute verlassen die Dörfer, weil sie hoffen, in den wachsenden Slums der Vorstädte Chancen zum Überleben zu haben. Militärdiktaturen und kurzfristige Regierungswechsel, die den Namen Revolution nicht verdienen, wechseln sich ab. In Nicaragua, der Heimat

Cardenals, kam 1937 durch einen der unzähligen Staatsstreiche der General Somoza an die Macht. Politischer Terror sicherte seine Herrschaft; für Jahrzehnte war der karibische Raum durch das berüchtigte »Blutige-T-Dreieck« der Diktatoren von Nicaragua, Honduras und der Dominikanischen Republik beherrscht. In diese wirtschaftliche und politische Umwelt wächst Ernesto Cardenal hinein. Er stammt aus einer der ältesten Patrizierfamilien Nicaraguas; 1925 ist er in der Provinzstadt Granada geboren, studiert in Mexico und in den USA Literatur und schreibt Ende der 40er Jahre an der Columbia University eine Dissertation über die moderne Lyrik seines Landes.

Damit ist die glatte Entwicklung dieses Lebens zu Ende. Schon die ersten eigenen Dichtungen enthielten Sprengstoff: 1952 ging in ganz Nicaragua ein anonymes Flugblatt von Hand zu Hand, das ein politisches Epigramm enthielt; die Untergrundbewegung sandte das Gedicht von ihren Radiostationen aus, es war in aller Munde. Cardenal wurde von der Straße weg verhaftet, blieb monatelang verschwunden, in Konzentrationslagern und Untersuchungsgefängnissen, geschlagen und gefoltert von der berüchtigten GN, der Guardia Nacional, der Polizei und Armee Nicaraguas.
Im April 1954 entdeckte die Polizei eine Verschwörung, in die fast alle jungen Intellektuellen des Landes verwickelt waren. Diesmal gelang es Cardenal, sich zu retten, sein Freund Baez wurde ermordet.

Im April wurden sie ermordet,
und ich war mit ihnen in der Aprilrebellion
und lernte ein Rising-Maschinengewehr handhaben ...
Und Adolfo Baez Bone war mein Freund.

Man verfolgte ihn mit Flugzeugen, Lastwagen,
mit Scheinwerfern, Tränengasbomben,
mit Radios, Hunden, Polizisten ...

Als zwei Jahre später, im September 1956, der Diktator Somoza von einem jungen Revolutionär im Ballsaal des Casinos beim Tanzen erschossen wird, setzt eine blutige Verfolgung ein: Hunderte junger Intellektueller werden verhaftet, gefoltert und ermordet. Die Macht war an die beiden Söhne des Diktators übergegangen, der eine nannte sich »Senator« – und die Rechtsverhältnisse spiegeln sich in den Gedichten Cardenals – der andere war »General«, er leitete die Geheimpolizei und überwachte persönlich die Folterkammern. Cardenal lebte lange Zeit versteckt. Dann gab es in seinem Leben eine große Wende: er vertauschte die Barrikaden mit dem Kloster. Er wandte sich von der Politik ab und ging in das trappistische Kloster Gethsemani, in Kentucky, USA – als ein Novize des Dichtermönchs Thomas Merton, der als ein bedeutender Kenner der neueren Dichtung Lateinamerikas gilt. Cardenals Gesundheit allerdings war in den Kerkern Somozas ruiniert, das raue Klima Kentuckys konnte er nicht ertragen, er schrieb dort kaum, arbeitete an Skulpturen und widmete sich mehr und mehr einer tiefen Meditation. In einem Brief legte er Rechenschaft ab über seine Wandlung.

»Die Politik geht mich immer an, aber ich sehe sie mit andern Augen als meinen früheren, ich sehe zum Beispiel, daß Somozas Wurzeln tiefer sind und daß sie sich manchmal auch in mir zeigen, in meinem täglichen Schaffen. Die Diktatoren sind in uns, die H-Bombe ist in unserm Inneren.«

Einige Jahre verbrachte Cardenal in einem mexikanischen Benediktinerkloster, in ein immer tieferes Schweigen versinkend. Aber auch dieses Kloster war ihm »zu schön, zu luxuriös«, er ging nach Kolumbien; in ein

Kloster »am Ende der Welt«, dem Urwald nahe, an einen Ort, wo die bitterste Armut herrscht, so fern wie möglich von aller Zivilisation. Indessen sind zehn Jahre vergangen, seitdem Cardenal Mönch wurde und die Welt verließ. Seit 1966 ist er nach Nicaragua zurückgekehrt, in das Dorf Solentiname in der Inselgruppe des Gran Lago. Cardenal versucht dort mit wenigen Gefährten etwas Neues – er will eine trappistische Einsiedelei gründen, um den Bauern Nicaraguas zu helfen. Eine bescheidene medizinische Poliklinik und eine Elementarschule sind die Anfänge dieser neuen Art »christlicher Mission«. Cardenal, der in Granada, Mexico City und New York gelebt und gearbeitet hat, will hier eine christliche und soziale Demokratie unter Bauern verwirklichen. Gegen die wachsende Abwanderung zur Stadt und gegen die Tatsache, dass es »in Lateinamerika jeden Tag schwerer wird, campesino (Bauer) zu sein«, geht der Revolutionär, Dichter und Mönch dorthin, von wo man heute abwandert. Auch in diesem noch offenen Experiment ist ein Stück Utopie, ein Weg zwischen Kapitalismus und Kommunismus wird gesucht; es ist ein Weg für eine Gruppe von Leuten, der im Lebensweg dieses Einzelnen – zwischen Revolution, Dichtung und christlicher Spiritualität – angelegt ist.

Die Psalmen Ernesto Cardenals verbinden biblische und moderne Elemente ohne Bruch. Die gegenwärtige Welt gerät keinen Augenblick aus den Augen. Die Mittel, mit denen Menschen heute von Menschen bedroht werden, haben sich differenziert, aber Angst und Protest, das Leiden am Unrecht und der Jubel der Befreiung sind sich gleich geblieben. Cardenal hat nicht Psalmen »übersetzt«, als müsste da ein Vergangenes in die Gegenwart transponiert werden, um verständlich und genießbar zu werden. Die Bewegung dieser Dichtung ist umgekehrt: Cardenal versucht Gegenwart auszusprechen, dazu bieten sich ihm biblische

Bild- und Sprachelemente an. So wird eine Gesellschaftsstruktur, die das menschliche Leben fast vollständig entmenschlicht, als Verbannung aus Jerusalem, als Entfernung von der Heimat verstanden.

Babylon wird zum Namen unserer Zivilisation, Jerusalem wird der Name ihrer noch nicht erschienenen Möglichkeiten. Dichtung wie diese versteht sich als das wach bleibende Gedächtnis Jerusalems. Sie befindet sich auf der Suche nach der kommenden Zeit.

Auf eine Umfrage zum Thema »Kunst und Freiheit« antwortete Cardenal:

»Der Künstler war immer vollkommen in die Gesellschaft integriert. Aber nicht in die Gesellschaft seiner Zeit, sondern in jene der Zukunft. Der Künstler, der Dichter, der Gelehrte und der Heilige sind Mitglieder der Gesellschaft der Zukunft, welche bereits wie ein Keim auf dem Planeten existiert, wenn auch zerstreut – unabhängig von den Teilungen der politischen Geographie – in kleinen Gruppen und in Einzelnen, von Ort zu Ort. Als Dichter bin ich – im Maße, in dem ich Dichter bin – und als Priester, der ich zu sein versuche, und als Pazifist, christlicher Anarchist und Gandhist, in der Politik fühle ich mich gut in diese Gesellschaft integriert, die die Zukunft näherbringt und den Prozeß des Fortschritts so schnell wie möglich vollbringen will – gegen die rückständigen Mächte.«

Auf befremdlich selbstverständliche, manchmal geradezu naiv anmutende Weise wird hier von Gott gesprochen, oder richtiger gesagt: mit Gott gerechnet. Seine Abwesenheit wird z. B. niemals als ein metaphysisches Verhängnis der Neuzeit angesehen, immer wieder aber als konkrete Hilflosigkeit der Menschen erfahren. Wie in den alten Psalmen, so halten sich auch hier Zweifel und Glaube die Waage, beide nicht in einem intellektuellen Sinne, als die Frage, ob ein Gott existiert oder nicht, wohl aber existentiell – als der Bogen von der Verzweiflung zur Hoffnung, auf den

sich der Beter einlässt. Die wiederkehrende Frage heißt darum, wann endlich Gott eingreife.
Der Atheismus, der in diesen Psalmen erscheint, ist ebensowenig theoretisch-philosophische Auseinandersetzung, sondern praktizierte Wirklichkeit. Auch die Atheisten haben ihre Götzen, Filmstars und politische Führer, Wesen, an die sie ihr Herz hängen und für die sie alles tun. Aber was den Atheisten fehlt – und woran sich so etwas wie Glaube an Gott überhaupt erst entscheidet –, ist die Hoffnung, die sie für die Entrechteten hüten. Atheist sein, heißt in diesen Psalmen und angesichts dieser Wirklichkeit nur, die Hoffnungslosen den blinden Mächten ausliefern. Atheist sein, heißt resignieren; Gott und die Revolution sind das große Thema dieser Dichtung.
Warum hat Ernesto Cardenal, der früher Catull und Martial übersetzte, der Liebesgedichte und Revolutionsepigramme verfasste, die Psalmensprache aufgegriffen? Wie sieht das Ich des glaubenden Menschen aus, das hier spricht? Warum identifiziert es sich mit dem alttestamentlichen Beter? Und was bedeutet es im Zusammenhang dieser Dichtung, an Gott zu glauben? Versucht man, die Theologie zu beschreiben, die diese Dichtung bestimmt, so zeigen sich drei Merkmale, die sich leicht auch an anderen Stellen der Welt, wo heute Glaube im Spiel ist, nachweisen lassen:

DIESSEITIGKEIT,
SOLIDARITÄT,
UNIVERSALITÄT.

Es gibt keine Stelle in diesen Psalmen, wo Religion zum Opium des Volkes würde. Nichts lenkt ab, auf ein Später, ein Droben, ein Jenseits. Nirgends taucht ein Trost auf, der die Getrösteten der Erde untreu machte. Denn zur Diesseitigkeit, wie sie hier jüdisch und christlich verstanden ist, gehört die Solidarität mit allen Rechtlosen, das Geschrei mit allen Leidenden. Es ist nicht Anmaßung der Weiterlebenden, wenn Cardenal es wagt, von den in Auschwitz Ermordeten per »wir« zu sprechen, wenn er unter »Gottes Volk von Auschwitz« sich mit begreift, wenn er von »unserer« Haut und »unserem« Fett redet. Dem distanzierten Betrachter der Weltgeschichte und der Dichtung mag dies wie eine allzu plumpe Vertraulichkeit mit den Toten erscheinen, eine Nivellierung ihres einmaligen Leidens. Aber die Kategorie der Solidarität, die hier zu Wort kommt, lässt sich nicht historisch begründen, empirisch aufzeigen, rassisch oder völkisch festigen. Sie ist im strengen Sinne des Wortes eine mystische Kategorie: Die Solidarität des Leidens wird im Glauben ergriffen. Die Vernunft weiß vom Leiden nicht viel mehr, als dass es die Panne der anderen ist. Die Dichtung Cardenals ist diesseitig, solidarisch und universal. Das wird am deutlichsten in dem Psalm, den Christus am Kreuz gebetet hat, auch er wird hier zum Gebet eines diesseitigen Menschen, freilich eines, der sich nicht mit dem harmlosen Ausschnitt aus dem Diesseits begnügt, den wir zunächst vor Augen haben. Die neue, die christliche Diesseitigkeit ist totaler, sie geht auf die Wahrnehmung aller Leidenden, darum kann in dem Rufen dieses Psalms ein Ich erscheinen, das ohne Auswahl und Abstriche, ohne Vergessen und Verdrängen der Mensch ist. Sich an Gott wenden heißt hier, für alle Geschlagenen einstehen.

Die Universalität dieses Glaubens hat ihren Ursprung nicht nur in den Leiden der Geschichte, sie findet nachträgliche Bestätigung auch im Lob aller Kreatur und sie nimmt für ihr Lob die Ergebnisse der Weltraumforschung und Molekularbiologie ebenso auf, wie Teilhard de Chardin dies zum Beispiel in »La Messe sur le Monde« getan hat.

Nebeneinander stehen die Psalmen aus den Konzentrationslagern und die, denen es nicht genügt, die Sterne und die Atome zu loben, weil auch die interstellaren Räume und Vakuen zwischen den Atomen das Lob anstimmen. Leidenkönnen und Lobenkönnen stehen hier in einem Zusammenhang. Es ist der einer Diesseitigkeit, die mehr an Glück, aber auch mehr an Unglück erfährt, als das plangeschliffene Leben der Konsumenten spiegeln kann. Sich an Gott wendend, ergreift der Mensch die größte Intensität des Lebens, die möglich ist. Er leidet, er lobt. Ist es der Zusammenhang der Kunst oder der des Glaubens? Beide leisten hier das gleiche – sie verwandeln auch das Äußerste, das Extremste dem Menschen an, begreifen es ein in seine Welt, die er erleidet und im Lob versöhnt; nichts und niemand, weder Bewusstes noch Unbewusstes ist ausgeschlossen. Eine größere, eine umfassendere Bejahung dieser unserer Wirklichkeit ist nicht denkbar.

Dorothee Sölle, 1967

Quellen

Stefan Baciu: *Ernesto Cardenal oder der Weg von Gethsemani nach Solentiname.* In: *Reformatio, Evangelische Zeitschrift für Kultur und Politik.* XV. Jg. Heft 5, Mai 1966.
H. M. Enzensberger: *Rafael Trujillo. Bildnis eines Landesvaters.* In: *Politik und Verbrechen,* Frankfurt 1964.

Dorothee Sölle
wurde 1929 in Köln geboren. Sie studierte Theologie, Philosophie und Literaturwissenschaft, arbeitete als Lehrerin, freie Mitarbeiterin beim Rundfunk und Privatdozentin für neuere deutsche Literaturgeschichte und als Schriftstellerin. 1971 wurde sie habilitiert, 1994 erhielt sie eine Ehrenprofessur an der Universität Hamburg. In New York lehrte sie von 1975 bis 1987 systematische Theologie am Union Theological Seminary.
Sie wirkte in der Friedensbewegung und in zahlreichen kirchlichen linken und ökumenischen Organisationen mit und war Mitbegründerin des sogenannten Politischen Nachtgebets in Köln von 1968 bis 1972.
Dorothee Sölle gilt weltweit als eine der bekanntesten und umstrittensten Theologinnen des 20. Jahrhunderts, besonders für politische, feministische und ökumenisch-befreiungsorientierte Theologie. Ihr engagiertes Eintreten für soziale Gerechtigkeit ist unvergessen.
Im April 2003 starb sie in Göppingen.

Ernesto Cardenal
wurde am 20. Januar 1925 in Granada/Nicaragua geboren. Sein Literaturstudium begann er in Managua und setzte es 1942–1946 in Mexiko fort. Schon seine ersten literarischen Arbeiten waren geprägt von der Geschichte und politischen Gegenwart Zentralamerikas. Von 1947–1949 studierte er an der Colombia-University New York, anschließend reiste er zwei Jahre durch Europa. 1954 beteiligte er sich an der „April-Revolution" gegen Somoza, die vorzeitig verraten wurde und mit dem Tod vieler seiner Freunde endete.

Am 8. Mai 1957 begann Cardenal sein Noviziat im Trappistenkloster Gethsemany/Kentucky (USA) unter dem Abt Thomas Merton; 1961–1965 studierte er Theologie in Guernavaca (Mexiko) und La Ceja/Medellín (Kolumbien). Hier entstanden die »Psalmen«, die bis heute zu den wichtigsten Werken Cardenals zählen. Nach seiner Priesterweihe in Managua kam Cardenal zusammen mit William Agudelo und Carlos Alberto am 13.2.1966 nach Solentiname, um eine christliche Kommune zu gründen. In dieser weltberühmt gewordenen Gemeinschaft aus 38 Inseln im Großen See von Nicaragua entstand sein »Evangelium der Bauern von Solentiname«. 1970–1971 unternahm Cardenal Reisen nach Cuba, Peru und Chile, 1973 in die BRD und die USA. Mit dem Beginn der Revolution im Oktober 1977 ging Cardenal ins Exil und wurde Sprecher der FSLN, der Sandinistischen Befreiungsfront Nicaraguas. 1979, nach dem Sieg über Somoza, wurde er Kulturminister des Landes, 1980 bekam er den Friedenspreis des Deutschen Buchhandels. 1989 veröffentlichte er sein Opus magnum »Cántico Cósmico« (*Gesänge des Universums*). Am 24.10.1994 gab er seinen Austritt aus der FSLN bekannt.

Mit Sergio Ramirez und Gioconda Belli gehört er zu den Gründern einer neuen Partei, die mehr innerparteiliche Demokratie einfordert. Er lebt heute als Schriftsteller in Managua.

Lieferbare Werke in deutscher Sprache (alle im Peter Hammer Verlag): *Gesänge des Universums/Cántico Cósmico* (1995), *Das Buch von der Liebe* (Neuauflage 2004), *Verlorenes Leben* (Erinnerungen Bd. 1, 1998), *Die Jahre in Solentiname* (Erinnerungen Bd. 2, 2002), *Im Herzen der Revolution* (Erinnerungen Bd. 3, 2004), *Niemand ist mir so nahe* (Gedichte 2005), *Zyklus der Sterne* (2006).

Die Originalausgabe erschien unter dem Titel »Salmos«, Universität Antioquia, Kolumbien.

Die ersten sieben deutschsprachigen Auflagen erschienen unter dem Titel »Zerschneide den Stacheldraht – Lateinamerikanische Psalmen«, weitere elf Auflagen, die letzte im Jahr 1981, unter dem Titel »Psalmen« im Jugenddienst-Verlag, Wuppertal.
Deutsche Gesamtauflage: 231.000 Exemplare

Die Zählung der Psalmen folgt der katholischen Tradition, in Klammern nachgestellt sind die entsprechenden Ziffern evangelischer Bibelausgaben.

Umschlaggestaltung: Magdalene Krumbeck
Satz: Graphium press, Wuppertal
Druck: Westermann Druck, Zwickau
ISBN 978-3-7795-0174-9
www.peter-hammer-verlag.de